Fabien PRIGNOT

# La plus belle des créatures:

# La femme!

Peinture d'après Valérie FRAYSSE.

BoD

© 2013, Fabien Prignot
Edition : BoD - Books on Demand
12/14 rond-point des Champs Elysées
75008 Paris
Imprimé par Books on Demand GmbH,
Norderstedt, Allemagne
ISBN : 9782322030958
Dépôt légal : Avril 2013

## Au petit matin

Je m'en vais au petit matin
Seule dans sa robe de satin
Elle sommeille encore dans son lit
Mon cœur, c'est elle qu'il a cueilli
Dans son rêve, elle est plongée
Prés d'elle, je voudrais m'allonger
Elle n'a pas senti mon absence
N'ayant pas encore pris conscience
En ouvrant grand ses petits yeux
Elle n'a pas le sourire radieux
La place à ses côtés est vide
Qui la laisse un peu livide
L'oreiller qu'elle sert dans ses bras
Nos retrouvailles qu'elle célébra
En profitant de mon odeur
La patience sera son ardeur
Enfin, pouvoir me rejoindre
Un sentiment à conjoindre
Lorsque réalité arrive
Nous poussant un peu à la dérive….

# Un torrent de plaisir

Sur le torrent en pente douce
L'eau qui s'écoule sur la mousse
Elle ruisselle en intégralité
Une douce sensualité
Le cliquetis de l'eau sur le rocher
Un baiser qu'il vient d'empocher
Sur le miroir sa face apparaît
Puis dans un tourbillon disparaît
La feuille, il la transporte sur son dos
Sa main surfant tel un radeau
Parfois gonflés et d'autres à secs
Son corps, il le voit d'un coup sec
Elle serpente entre les rochers
Comme un caillou en ricoché
Si le reflet du soleil en soi
Sa main posée sur ses cheveux de soie
À la regarder sans cesse
Juste elle, en toute finesse
Dans ce petit coin, un peu d'écume
D'elle à lui comme un agrume
La douceur de son sucre en bouche
Pour simplement être sous sa douche
Il suffira d'allumer la mèche
Pour que ses cheveux de sa main sèche
Il lui restera d'elle toujours
Les vestiges d'une nuit d'amour…

# Le feu de la passion

Telle une bûche au fond de la cheminée
Qui lentement finira par s'illuminer
Tu entretiens la passion par une flamme
Un feu brûlant que de temps en temps tu réclames
Dés le commencement, ça part de l'allumette
Un peu de chaleur que tu iras transmettre
C'est une étincelle qui transporte la lumière
Un éclat que tu reçois en avant première
Cette fièvre qui nous renvoie à la combustion
Une mélodie servant de percussion
Ce flambeau que tu portes au milieu du brasier
Nous servira sûrement à nous rassasier
Toute l'ardeur qui mena à l'embrasement
Toute l'incandescence sans écrasement
Dans la fournaise tu feras ton irruption
Un tourbillon sans y laisser d'interruption
On l'appellera alors la torche de l'amour
Qui se jouera sans cesse jusqu'au petit jour…

## Séisme

Une histoire c'est un long chemin !
Son bassin pris entre mes mains
Peu à peu se mit à trembler
Pour ensemble se rassembler
Les vibrations grandissantes
Deviennent vite envahissantes
Nous poussant à l'ultime secousse
Légèrement en une rescousse
C'est un suprême raz de marée
Qui arrive pour les amarrer
Dans la tourmente du séisme
Les poussant au romantisme
Sans aucune intimidation
Par des légères trépidations
En quelques sortes des vibrations
Pour une seule consécration !
En mêlant leur agitation
Ils y gagnent en excitation
Pour finir par un seul frisson
Dont nous seul nous nous nourrissons
Notre corps mis en mouvement
Nous y force activement
Sans pour autant faire de cascade
Nous y allons par saccade
Agrémenté de longs spasmes
Nous allons jusqu'à l'orgasme….

Dans l'attente d'un baiser

Le silence est prenant, en restant sans nouvelles
Dans sa tête pleine de vide, peu à peu sa cervelle
Elle imagine le pire, à lire, pas une lettre !
Aucun mot ne résonne, contre elle, il veut l'être

Mais où est-elle passée ? Personne ! À son adresse
Les mots sortent de sa bouche, un peu de maladresse
Il veut redécouvrir, ce petit bout de femme
Pour qui ! Il veut se battre, d'un amour qu'il proclame

Marre de ce mélodrame, mais qu'est-elle devenue ?
Il aimait ses caresses, voir son petit corps nu
Puis un jour vient un signe en guise de bon message

Un regard, un sourire, une pluie de mot doux
Un seul geste de sa main qui annonce le redoux
D'un seul baiser moelleux, elle lui offre le passage…

## Ma bohémienne

Je voudrais apercevoir dans tes yeux si doux
Non la dureté mais la brillance d'un bijoux
Voir tes lèvres en mouvement dire les mots tendres
Arriver jusqu'à mes oreilles que j'aime entendre
que ta main puisse une fois se poser sur la mienne
Et y lire dans les lignes comme une bohémienne
Tu es cette espèce rare et unique à mon sens
Une personne, bien plus que précieuse, une essence!
Ton odeur pénètre mon corps jusqu'à l'infini
Et mon esprit, grâce à toi, te redéfini!
Même en fermant les yeux je peux t'apercevoir
Jusque dans les moindres détails et m'émouvoir
Mais le plus important sans être à tes côtés
Que ce jour soit proche et pouvoir te bécoter
Sans dire un mot, savoir tout te faire comprendre
Mais seul, pour le moment je suis là à t'attendre
Je me languis de toi, ouvre mes yeux ébahis
Lorsqu'enfin tu es là, le bonheur m'envahit…..

A l'adresse de son cœur

J'aimerais que cette dame avec son cœur en douceur
Qui blessée par la peur, peut devenir berceur
Et vouloir découvrir l'adresse de sa tendresse
Qui par un mauvais jour, à force de maladresse

A fini par se taire en oubliant ses joies
Je suis peut être balourd mais sans être rabat-joie
A vouloir que tiédeur avec de la finesse
Te fasse un peu passer, ton insouciante jeunesse

A trop être prés de toi, sans vouloir te presser
Tu finis par manquer d'air sans vraiment t'oppresser
Je ne veux que pour toi, élire mon domicile

Dans le creux de tes bras, poser des flatteries
Si rayonnantes soient-elles à grands coups de batterie
Juste en apercevant, un battement de cils…

# Dans les yeux

Dans ses yeux si profonds
Soudain je m'y confonds
Brillante est sa prunelle
Une lueur éternelle
Figée sur sa pupille
Prudence, elle dégoupille
Son œil te dévisage
En guise de balisage
Aussi brillant soit-il !
Il demeure très subtil
Esquivant du regard
L'intrus à son égard
Elle les mettra sous verre
Les laissant entrouvert
C'est la base du système
Pour t'avouer je t'aime….

## Sensibilité

Les grands mots tendres enrobés de douceur
Se posent sur ma bouche et pas sur mon cœur
En utilisant le bon sens du verbe
Les paroles lancées sous forme de gerbe
Arrivent à nos oreilles en tendresse
Lentement s'installent comme une caresse
Le visage serré les yeux larmoyants
Les mots tactiles deviennent foudroyants
La sensibilité à fleur de peau
S'utilise comme un léger drapeau
Pour montrer son beau et fort intérieur
Invisible à l'œil nu de l'extérieur
En livrant ainsi ses belles qualités
Pour la plus belle, il voudrait s'aliter
Et l'attirer dans son petit piège
Ou lui tenir simplement un siège
Elle lui apparaît de par sa beauté
Une douceur sans un doigt de cruauté
Les douces phrases dont il s'équilibre
Pour ses beaux yeux, il veut être libre…

# Suivre son idée

De fil en aiguille, sans perdre son idée
Il parcourt le chemin sans être intimidé
Parti vers l'aventure, arpentant le monde
Cherchant sa destinée mais une pensée profonde

Venue le secouer, n'oubliant pas cette femme
Qui de par son passé, aujourd'hui la réclame
Pour être à ses côtés, il veut faire son retour
Espérant encore croire que l'offrande de l'atour

Comme par un miracle peut atteindre son esprit
Telle une obstination, elle l'aura bien compris
A deux sur le chemin pour un nouveau départ

Un monde bien meilleur pour vivre enfin en paix
Dans les bras de la dame et sans larmes trempées
Il lui fait une demande, inscrite sur le faire-part…

# Un toit comme toi

On ne peut vivre sans toit
Moi, tout simplement c'est toi
Je ne peux pas t'oublier
Pouvant tout publier
La mémoire d'un instant
Me ramène tout le temps
A notre histoire à nous
Là, j'en tombe à genoux
C'est à toi que je pense
L'énergie que je dépense
Pour que tu me souris
Lorsque tu es ma chérie
Comment peut-on aimer si fort ?
Sachant qu'il a tous les torts
Mes yeux sur toi se ferment
Mon amour ne renferme
Que de la tristesse
Malgré les politesses
Ta main me manque
Pourquoi tu te planques
L'ombre sur les draps
Oui, tu t'en souviendras
Un jour j'espère peut être
Que tu vas te soumettre
A l'idée que notre amour
Nous aura joué des tours
En évitant tous les pièges
Assis sur mon siège
Doucement tu me reviens
Lentement je te rejoins
De l'amour rien ne s'efface
Lorsque je vois ta face….

## Brillance

L'amour est le fruit de la passion
Lorsque l'un et l'autre c'est compassion
Aimer c'est voir l'autre comme il est
Un amour sincère vraiment complet
L'harmonie et la complicité
Devront tous les jours être cités
C'est une volonté chaque matin
Sans baliverne et sans baratin
La complicité dans leurs regards
N'aura aucun doute à son égard
Une position dans la droiture
Leur servira de belle clôture
La nuit dans les bras l'un de l'autre
Les rêves ne seront que les nôtres
Pour vivre dans un monde meilleur
Où leur avenir sera payeur
Sans avoir la peur des lendemains
Qu'un jour puisse leur séparer les mains
A force de blessures et de souffrance
Ils construisent un mur sans silence
Afin qu'ils puissent s'endormir en paix
Pouvoir se dire je n'ai rien loupé
Dans les yeux toujours cette brillance
Leur amour c'est leur croyance
Une histoire sans parler du mot fin
Mais plutôt bercée par un couffin...

## Calcul

Pour le bien de la femme
Au sommet de mon âme
C'est un être si fragile
Et pourtant si docile
La douce sérénité
Est par affinité
Un besoin pour mêler
Nos vies emmêlées
Tous les matins mon cœur
Aspire sa douce liqueur
Apaisant tout le mal
A l'infime décimal
Ressortant sa valeur
Rehaussant la chaleur
Pour apercevoir l'homme
Différent qu'elle consomme
Malgré des divisions
Il est sa provision
Une longue équation
En bonne péréquation
Après bien des calculs
En prenant le recul
Nécessaire à sa vie
Que sa belle soit ravie !
De ce nouvel envol
Un amour de haut-vol
En étant audacieux
Elle devient son précieux…

Rareté

Il aura fallu que l'objet le plus précieux
Un beau jour de tristesse, devienne silencieux
Etant réalité et vraiment raffiné
Un monde sans parole, vient de se peaufiner

L'ambition de vaincre étant son émissaire
Le courage a un prix, devenu nécessaire
Bien qu'il soit des plus fins, il est très important
Voulant en être vainqueur, tout en se comportant

Honnête pour ses valeurs car elle est unique
Un amour distingué qu'elle vous communique
Rare, beau et minutieux, ce bien introuvable

Est un sujet gracieux sans être artificiel
Une réelle pureté des plus superficielles
Voir cette belle créature, c'est inestimable…

Ce texte a été retenu pour paraître dans l'anthologie 2011 des Dossiers d'Aquitaine.

## Sa bouche

Ses lèvres en mouvement
Le souhaitent bien vivement
De pouvoir se déposer
En voulant lui proposer
Ne serait ce qu'une bise
Doucement se lève la bise
Amenant l'innocence
Sans vraiment de réticence
C'est une belle prise en deux temps
Ils ont depuis bien longtemps
Attendu le bon tournant
Les problèmes les contournant
Usant d'aucun artifice
Simplement d'un orifice
Pour tous les deux s'en aller
Finissant par s'emballer
De ces moments de la vie
Où l'on est jamais servi
Ils auront tout espéré
Voir la magie opérer….

Dernière chance

L'amour le plus doux
L'a rendu presque fou
De ne pouvoir aimer celle
Qui à ses yeux est belle
De son grand intérieur
A son petit extérieur
Ne jouant avec son corps
Préférant qu'il la picore
A force de souffrance
Dans le fin fond de la France
Il voudrait aller se reposer
Pour mieux lui proposer
Surtout de ne pas s'opposer
Mais plutôt de composer
Une douce musique
Mêlée d'un peu de classique
Démarrer une nouvelle danse
La saveur d'une dernière chance….

Pour elle

Il sera son ange gardien
Le gardien de ses nuits
Des nuits de folie
La folie de l'amour
Un amour fort pour elle
Elle, elle est sa bien-aimée
Bien-aimée n'est rien
Rien il est sans elle
Elle qui a voulu de ses bras
Ses bras sont à toi
Toi et lui vous êtes unis
Unis dans la vie
Que la vie vous sourit
Souri ! il est temps
Le temps qu'il vous reste
Reste peu mais si fort
Fort il sera près d'elle.....

# Princesse

Tu n'as pas le sang noble
Ni passé noir et ignoble
Mais la douceur de tes mains
Me fera revenir demain
Pour déposer un doux baiser
Et vouloir t'apaiser
Les formes de ton corps
Une esquisse et encore !
Un modèle de féminité
Avec un doigt de félinité
Lorsque nos lèvres s'entrechoquent
Que ma main ne te choque
Laissant déposer mon odeur
Comme un simple rôdeur
Pour toi je serais souffleur de verre
Que ce fin cristal s'avère
Etre un bel objet précieux
Né d'un projet audacieux
Je le remplirai de liqueur
Afin de combler ton petit cœur
En t'offrant cette tendresse
Devant toi je me dresse
Pour me réfugier dans tes bras
Et ton corps si doux se cambra
De toi, j'ai fait ma princesse
Mon amour pour toi, jamais ne cesse…

## Souvenirs

Se prenant parfois pour un homme
Sa vie, se raye à coup de gomme
Tous les souvenirs s'effacent
Rien ne reste, pas même sa face
Pour finir rien que dans l'oubli
Pas de mémoire n'aura le lit
Un retour au point de départ
Une vie à laquelle, il n'a plus de part
Ranger toutes les photos
Etalées sur le poteau
Pour ne garder aucune faiblesse
Lorsqu'arrivera la vieillesse.
La nuit laisser les songes
Remplacer tous les mensonges
La fin d'un livre qui se termine
Le stylo remplace la mine
Une nouvelle rame de papier
Pour partir d'un nouveau pied….

## Pré-histoire

Si le mot je t'aime
Est le principal thème
Il est sûr qu'il nous convie
A rassembler nos vies
Je ne suis plus un marmot
Même avec des jeux de mots
Je ne peux t'aimer en secret
Notre avenir on se le crée
N'étant plus gourmet
Je reste sur le mais !
Si j'avais pu
Rien ne serait rompu
Juste un passage à vide
Qui nous laisse avide
De tenter de reconstruire
Ce qui vient de se détruire
Cette envie folle
Qui d'un coup m'affole
Me donne envie d'espérer
Que la magie va opérer
Pour nous rassembler
Ce qui nous semblait
Inévitable soit-il
N'a rien de subtil
Mais juste le charme
Sans les armes
Si destructrices
Tu es séductrice
Avec le velours de tes yeux
Qui m'ont rendus joyeux
Pour moi, il n'y a plus d'heures
Simplement des heurts

Que l'on pourrait éviter
Si nous étions invités
A la table des discussions
Sans aucune percussion
Nul n'a de doute
Ce dont ils redoutent
C'est la fin de l'histoire
Rangée au rayon préhistoire....

## La rose

Toi, ma petite pétale
A tes côtés, je m'étale
Belle fleur, remplie de senteurs
L'effluve en apesanteur
Arrive à m'enivrer
Devant moi, tu t'es livrée
Mon envie de te couper
De toi, je veux m'occuper
Doucement t'humidifier
Allant à te fortifier
Lentement te faire sécher
Mais sans vraiment t'assécher
Vouloir te laisser vivre
Pourvu que tu m'enivres
Jusqu'à aller me piquer
Et vouloir te repiquer
Toi, de l'amour tu es fleur
Sensiblement, tu m'effleures
En fait, ton pétale de soie
De par sa douceur en soit
Qu'il unisse le serviteur
Avec le grand bienfaiteur
Faiblement triste et morose
Si tu perds ta couleur rose
Pour la vie, tu portes le nom
Qui t'a donné le surnom
D'être la fleur de l'amour
Idéale et pour toujours....

## Sans toi j'ai froid

Espérant toujours la découvrir
Au petit matin la recouvrir
Pour ne pas qu'elle ait froid
Je la serre contre moi
Donnant un peu de réconfort
Ajustant les contreforts
Sans elle j'ai froid
Devant elle je perds le sang-froid
Lui offrant un bouquet
Un courant d'air frisquet
Tente de se placer
Contre ce corps glacé
Ne plus être inerte
Lorsque chaleur lui est offerte
Cet instant savoureux
Lorsqu'il est rigoureux
Gardant dans son visuel
Le charme, le sensuel
A vouloir toujours la caresser
S'y étant souvent empressé
Dans ce jeu dangereux
Il excelle, est généreux
Se prenant pour un adolescent
D'un amour incandescent
Cherchant à l'impressionner
De son regard de passionné....

## Du rire aux lèvres

Partant d'un léger sourire
A l'éclat de rire
Ne cherchant pas à ruser
Mais plutôt à l'amuser
Tentant de nouer
Le lien qui les fait jouer
Ses lèvres en mouvement
Espèrent vivement
Un échange de baisers
Qu'il aspire à réaliser
Une grande vertu
C'est qu'il s'y évertue
Allant jusqu'à valser
Et la propulser
Au creux de ses bras
Le désir les équilibra
Dans cette étreinte
Sans atteinte
Juste un peu de charme
Sans aucun vacarme…

## Plaisir

Un lit de pétales de roses
Ne suffirait pas pour l'assoupir
Quelques vers en prose
Et l'espoir de l'assouvir
Le parfum enivrant
Se faufile en la délivrant
Et libère le plaisir
Qu'elle se doit de saisir
Une fine note de musique
Relève le physique
Adoucissant l'ambiance
Pour la mettre en confiance
Elle se laissera aller
Et même s'installer
Sa tête sur son torse
Sans commettre d'entorse
Aux joies du préliminaire
Pour en devenir son séminaire
Elle ne voudrait qu'un instant
De ce bonheur existant
Puisse durer longtemps
Et devienne son passe-temps…

## Rugbyman

N'étant pas superman
J'aimerais être son rugbyman
Pour mieux la plaquer
Lorsque d'elle je veux me mêler
Et ne pas mettre en touche
Mes baisers sur sa bouche
Cette longue passe en avant
Lorsque d'elle je suis devant
Pour trouver l'ouverture
Elle est ma plus belle couverture
Chaque coup est un essai
Qu'elle seule le sait
Je le transforme à chaque fois
Pour y rejouer une nouvelle fois
Sans laisser la mi-temps
Ni le contre temps
Au risque de prendre une pénalité
Dans ce jeu sans banalité
Mon poste de talonneur
Pour elle, est à l'honneur
En guise de faux pas, si elle le voit
Dans ma ligne, elle me renvoie....

Ce texte a été retenu pour paraître dans l'anthologie 2011 des Dossiers d'Aquitaine.

# Mon apollon

Apercevant au loin cet Hercule
Doucement son esprit bascule
De sa carrure athlétique
A ses épaules sympathiques
Son envie soudaine d'être dans ses bras
Quelque peu l'encombra.
Sous son maillot se dessinent ses pectoraux
Ils sont magistraux !
Sa musculature ainsi faite
Elle en est toute satisfaite
L'envie de découvrir cet Apollon
La laisse penser à un bel étalon
Elle se met à regarder ses formes
Ce plaisir qui la transforme
Excite au plus sa libido
Allant à la tentation de toucher ses « abdos »
Alors elle imagine son pubis
A la couleur du réglisse
Surplombant son intimité
Le caressant jusqu'à l'extrémité
Elle n'ira pas jusqu'à confesse
Mais la rondeur de ses fesses
A excité son appétit
Ce caprice si petit
A trouver le plaisir
Puisqu'il ne s'agit que de désir….

## L'infidèle

Elle lui a donné son cœur
En enlevant ses rancœurs
Après l'avoir fait rêver
Il lui a tout enlevé
Allant jusqu'à lui mentir
Pour ne pas qu'elle puisse sentir
Qu'il ira voir ailleurs
Comme un mauvais dérailleur
Se couchant dans un autre lit
Pour l'autre, il a tout démoli
De sa main qu'il a lâchée
Comme la vérité qu'il a cachée
Son geste est anormal
Il agit comme un animal
Le mal étant fait
De l'amour, il a tout défait
En tenant la main de l'autre,
Dans la galère il se vautre
Pour ses yeux, il n'est plus honnête
Surtout pour une « nénette »
Malheureuse dispute
Le tournant vers une « pute »
Revenant à sa porte
Sa pitié, il exhorte
De son geste il a honte
La colère, il l'affronte
Peut elle croire en cet infidèle ?
Mérite-t'il vraiment d'elle ?....

Rêves

Sous les draps de coton
Nue comme le ver
Allongée à ses côtés
Elle s'est laissé aller
Et ira s'endormir
Au royaume des songes

Ses yeux papillotent
Sa main posée dans le creux de la sienne
Sa tête sur son épaule
Elle s'endort par l'ivresse des mots
Qu'il lui susurre à son oreille
La voilà transportée au pays des rêves

Dans cette nuit calme et paisible
Son imagination sans cesse active
Agit sur son corps endormi
Elle pense à cet homme qui encore cette nuit
Dormait dans le creux de son âme
A défaut de dormir dans le creux de ses bras....

## Réalité

Je ne veux pas bâtir un château de carte
Que la vie ne nous écarte
Sa présence m'apaise
Son absence me pèse
Comment lui dire je t'aime
Elle le sait et même !
Ce n'est pas un mirage
Mais bien la réalité
Qui lui donne la rage
De sortir de la banalité
Le poète en retrait
Ecrit de l'abstrait
Le précieux métal argentin
A l'occasion de la Saint Valentin
Par magie, vient d'apparaître
La brillance devant le maître
Après en avoir retiré son fardeau
Il contemple enfin son cadeau…

## La femme

La plus belle des créatures
Qu'à offerte dame nature
C'est la femme !
Je lui ai offert mon âme
C'est peut être pas le jour et l'endroit
Mais en restant bien adroit
Autour d'une coupe de champagne
En compagnie de ma compagne
Dans ces circonstances
Je lui demande une petite danse
Sans laisser d'intervalle
La trouvant bien estivale
Dans un début d'ivresse
Je lui confesse
Qu'au passage
Je ne serai pas sage
Et l'allonge sur la pelouse
Pour qu'elle en devienne mon épouse
Toi ma femme, continue de me faire rêver
Avant que la vie ne finisse par m'achever….

# Bague

Elle est ce bijoux qui brille
Au regard qui scintille
Dans cet écrin
Je crains
Qu'elle ne disparaisse
Sans que cela paraisse
Je la préfère à mon doigt
Pour laquelle je dois
Faire très attention
De cette agréable détention
De peur de l'égarer
Et j'en serai désemparé
Elle est cette bague
Prouvant la drague
Le lien de l'union
Notre trait d'union
Toi mon alliance
Signe de confiance
Nous ne serons plus jamais solitaires
Comme cette pierre publicitaire
Toi, ma chevalière
Tu es ma cavalière
Au quotidien, tu m'accompagnes
Simplement tu es ma compagne….

## Chance

C'est le pur hasard
Si l'œil du busard
A trouvé le filon
Entre les pilons
Quelle aubaine !
Ce bois d'ébène
Ce n'est pas une cachotterie
Bien plus qu'un gain de la loterie
Qui fait partie des aléas
Il ne veut pas qu'on le suppléa
Si tel est son destin
A la manière des célestins
Dans ces circonstances
Il saisit cette chance
Une seule suffit
Sa dote a bouffi
Il y avait peu de probabilité
Aucune fiabilité
Seul un accès
Menant droit au succès
C'est un jour de veine
Non sans peine….

## Fleurette

Pourquoi cette admiration
Avec tant de dévotion
En laissant voir l'attachement
Sans relâchement
Ce n'est pas un caprice
Qu'elle s'éprisse
De ce cupidon avec brio
Sans scénario
C'est dans l'ivresse
Et en délicatesse
Si l'ange archer agît de grâce
Son appétit vorace
Montre son intérêt pour la vénus
Sa ferveur si soutenue
Ne voulant lui conter fleurette
Il la monte dans sa chambrette
Estimant que le sentiment du plaisir
Une pulsion qu'il ne peut se dessaisir
Cette liaison devenue passion
Sans usurpation
Une tranche de tendresse
Qui devant nous se dresse
Une page de coloriage
Menant droit au mariage…

Papouilles

Il dessine avec son doigt
Sur le pourtour de son corps
Il se dit qu'il se doit
De continuer encore
Elle en apprécie les chatouilles
De ces délicieuses papouilles
La chair de poule, elle attrapera
Pour cause, elle se drapera
Recouvrant son anatomie
Pour en cacher son appendicectomie
Appréciant être émoustillée
Elle en devient presque à croustiller
En prenant soin de sa personne
Il sait qu'elle frissonne
Et ira jusqu'à stimuler,
Sa libido, qu'elle ne pourra dissimuler
Pour en asseoir le plaisir
Que seule, elle, peut saisir…

# Sa conquête

Présenté à sa famille
Comme un met à ses papilles
Elle pense à cet instinct
Du plus beau des festins
Qu'elle chercha sa vie durant
Un amour de tous les instants
Sans déficience
Une légère insouciance
Pour ne jamais s'envoler
Et aller jusqu'à convoler
Fier d'être sa conquête
Après tant d'enquête
Dans ce dévouement
Avec cet engouement
Fermant les yeux une courte durée
Comme pour se rassurer
Elle se laisse aller
Même à s'emballer
Pour garder ce précieux
Si délicieux....

## Ouverture

Lis ce texte avant de rentrer
Je vais me coucher devant ton entrée
Les bras entrouverts
En guise de couverts
Pour mieux apprécier le délice
De notre amour complice
Tu es une personne sensible
Certes pas inaccessible
Couverte d'une timidité
Sans aucune rigidité
Que l'on regarde avec plaisir
Lorsque ton sourire on peut le saisir
Je veux te voir épanouie
Comme un désir inouï
En y mettant toute ma force
Que notre amour se renforce….

Face au mur

En se dressant devant moi
Comme la plus belle des parois
Je laisse dame nature
Monter toute la structure
Pour que cette histoire
Si sublimatoire
Ne s'arrête jamais
Mais que désormais
Elle soit le départ
Sans aucun rempart
D'une nouvelle vie
Dont je la convie
Je ne veux pas perdre cette place
Rien que l'idée me glace
Je la veux pleinement
Oui sereinement…

## Offrande

Un milliers de baisers
Ne sauraient enlever ta peine
Juste vouloir l'apaiser
Pour les yeux de ma reine
Je ne suis pas prince
Mon cœur t'appartient
Sans retenue ni pince
Entre tes mains tu le détiens
A genoux je suis devant toi
Majestueuse, tu m'éblouis
Je t'offre mon toit
A l'intérieur je m'enfouis
Ce n'est pas un château
Mais une maison vivante
Je te l'offre sur un plateau
Toi cette femme savante
Et enfin voir ton sourire
Apparaître sur ton visage
C'est ce que je peux prescrire
Pour un meilleur usage....

Désir ou fantasme

Il la dévêtit
Dans un seul but
Se mettre en appétit
A la vue de ses attributs
Découvrant la pointe de ses seins
Sans le moindre dessins
Il épouse ses formes
Tout à fait conformes
A ce qu'il imagine
De la belle virgine
Voulant se donner de l'exercice
Entre ses cuisses, il glisse
L'intrusion dans son moi intérieur
Elle le ressent même à l'extérieur
Submergée de caresse
Son pic, il le dresse
Pour se faufiler tout en finesse
Croyant encore en sa jeunesse
L'aisance du va et vient
Cet endroit, il l'aime et y reviens
L'idée du plaisir lui traverse l'esprit
Dans ce jeu, il s'éprit
De cette belle femme
Qui encore cette nuit
Dormait dans le creux de son âme
Aux abords de minuit
A défaut de dormir dans le creux de ses bras
Seul il sera sous ses draps…..

L'espoir

Toute l'attention qu'il porte à son égard
Est visible dans le fond de son regard
La voulant pour lui seul
Les rêves l'esseulent
En n'arrivant pas à partager sa dévotion
A fleur de peau est son émotion
Elle a ce petit coté sauvagerie
Doucement ils en rient
Le petit bourgeon devient fleur
Lorsque de sa main elle l'effleure
Il faut se faire à la réalité
Sans aucune formalité
Et quoi qu'il arrive
Ne pas aller à la dérive….

## Elle

Il ne pense qu'à elle
Se dit qu'elle est belle
Faisant partie de celles
Qui n'ont pas de ridelles
Pour être simplement elles
Fragile, il a peur qu'elle fêle
Ou au pire qu'elle gèle
Aussi grande qu'une échelle
Sa peau couleur miel
A la richesse du nickel
Sa décision est formelle
Je le lis dans sa prunelle
En cette période de Noël
Il prends la coupelle
Et d'un air naturel
Trinque avec la demoiselle
Habillée tout en dentelle
Elle est si sensuelle
Ce n'est pas une nouvelle
Son amour pour elle est XL
Qu'il l'offre à la mam'zelle…

## Equilibre

De part son attitude
Mais surtout par son aptitude
Son amour il le calibre
Pour veiller à son équilibre
Ayant cette force
Que chaque jour, il renforce
A vouloir être son bras droit
Sans être maladroit
Dans la douleur, il sera sa béquille
Sans la moindre resquille
Sur qui elle peut compter
Sans escompter
Il présente la stabilité
Mettant en avant sa sensibilité
Existe en lui une multitude
De possibilité mais c'est avec certitude
Qu'il veillera à son équilibre
Lorsque de sa vie, elle sera libre
En faisant preuve d'honorabilité
Il montrera son habilité
En lui offrant tout le confort
Acquis sans aucun effort….

# Mélodie

En patronne des musiciens
Il voudrait être magicien
Et jouer sur son corps
Ce petit quatuor
Une douce mélodie
Transformée en parodie
De cette suite de note
Sans aucune fausse note
Il dépose sur son corps
A la fois, en plein essor
Toute cette délicatesse
Doucement et en justesse
De la douceur du monde
Qui d'un seul coup l'inonde
Lorsqu'il aura joué sa partition
Elle en voudrait à répétition
De ces moments mélodieux
De cet homme si radieux
Il ira écrire une symphonie
Sensible à sa seule euphonie
Dont la simple composition
Sans aucune transposition
Soit la note de l'amour
Ecrite à elle pour toujours…..

## Sa raison d'être

L'amour s'est envolé
Ils finiront par convoler
Sur les ailes du temps
Laissant passer le contretemps
Pour que le rêve se réalise
Et l'amour se légalise
Il est pour elle un équilibre
Pour lui c'est la fibre
Celle de leur cœur
Sans cesse chroniqueur
De ces instants pris sur le vif
Dont ils sont admiratifs
Les phrases, il les sème
Pour qu'en réel, ils s'aiment
Jusqu'à voir le jour
De l'amour au grand jour……

## La mer et le vent

Les vagues se jettent sur les rochers
Sous forme de ricochets
Du haut de la falaise
Pris de malaise
Portés par la tramontane
Le vent jusqu'aux oreilles nous tanne
Le bruit de la mer assourdissant
Doucement devient étourdissant
Les bateaux pris par le roulis
Ressemblent au coulis
Se déversant sur le gâteau
Accompagné d'un fluteau
Contemplant la mer déchaînée
A elle, il s'est enchaîné
Cette force qui tente de les éloigner
Elle s'empresse de l'empoigner
Et d'un baiser posé sur sa bouche
Le vent devient moins farouche
Comme par magie
La passion sur eux interagit…

# Nid d'amour

Tout d'un coup s'arrondit
Son petit ventre rebondi
Portant en elle une merveille
Qui tous les matins l'éveille
Elle découvre le frisson
D'avoir un nourrisson
Son corps qui se déforme
Sa vie qui se transforme
Offerte comme sur un plateau
Elle en dévore le gâteau
En le mordant à pleine dent
Ce qui est évident
Ce changement dans sa vie
Elle en est ravie
C'est un sacré sacrifice
Mais en regardant l'édifice
Sa vie a bien évolué
Depuis qu'ils se sont salués
Nous voilà enfin à l'unisson
Dans un nid que nous bâtissons…

La perle et sa coquille

Etant une perle rare
Comme un marbre de carrare
Le joyau sur son piédestal
En lui, doucement s'installe
Ne voulant pas enfermer cette perle
Alors sur elle, il déferle
L'élixir de l'amour
Mêlé d'une dose d'humour
Nul ne peut  les séparer
La perle, il se l'est accaparée
au plus profond
pour finir on les confond
Le sachant bien avant
Sur eux, les anges veillent dorénavant
Cette force qui existe entre eux
Rien de malencontreux
Juste un magnétisme
Les poussant à l'érotisme
Alors, ensemble ils s'entortillent
Lorsque se ferme la coquille…

Ce texte est paru dans l'anthologie des dossiers d'Aquitaine en 2010

# Hirondelle

Un dîner aux chandelles
En présence d'une belle hirondelle
Etudiant son profil
Elle se pose sur le fil
Le fil de sa vie
Dans l'instinct de survie
En lui caressant le plumage
Comme un ultime hommage
Elle le pince du bout du bec
Pour tenir sa main avec
Se sentant en sécurité
En pleine obscurité
Elle émet un petit cri
Lorsqu'il la décrie
De son apparence d'oiseau
A la douceur du roseau
Elle n'est qu'une femme
Avec tout ses charmes....

## La pensée

comment trouver le sommeil
lorsque la pensée s'émerveille
à chaque instant
de ce roman existant
qui se lie au fil du jour
si simple comme bonjour
né, d'une histoire d'amour
à la croisée d'un carrefour
un simple dialogue
sans épilogue
et les voilà bercés
légèrement transpercés
par une houle si douce
en légère secousse
qui les porte aux vents
comme le soleil levant
de la tombée de la nuit
et ceux jusqu'à minuit….
ils espèrent des retrouvailles
il n'y a que ça qui vaille....

# Lumière

C'est un soir de pleine lune
Se promenant au beau milieu des dunes,
Elle l'aperçoit la première
L'homme est là, dans la lumière
Exerçant sur elle une véritable fascination
Ses yeux s'écarquillent d'illumination
Ne bougeant pas de son réverbère
Elle s'avance vers lui et le libère
En éclairant sa lanterne
Devant elle, il se prosterne
Ils sont là, en aparté
Soudain apparaît une clarté
Dans le ciel, file une étoile
Au moment où il se dévoile
Cette constellation d'étincelles
Agit sur eux et les ensorcelle
C'est l'amour qui s'enflamme
Lorsque brûle la flamme
D'un seul coup disparaît la lueur
Il sait qu'il est vainqueur
Pour elle, il veut être une luciole
Soigneusement gardé au fond d'une fiole…..

## Postérieure

Elle a revêtu sa robe de satin
S'en va tôt le matin
En chaussant ses escarpins
Pour mieux attirer les galopins
Les regards se portent sur elle
Avec son allure de donzelle
Elle se dandine, remuant son arrière train
Pense que sa vie est un petit train-train
Les yeux sont rivés sur son popotin
Et joue la comédie comme un cabotin.
Se promenant sur le trottoir
Son postérieur est son présentoir
Pour faire cambrer la descente de ses reins
Tous les jours, elle s'y astreint
Vous faisant perdre votre latin
Lors de son passage, elle vous atteint
Laissant apparaître de la dentelle
Ou simplement parfois la ficelle
On la suit, comme si on allait à confesse
Ses atouts ce sont ses fesses.....

## Visage d'ange

Aucun mot ne peut la qualifier
En espérant un jour pouvoir l'identifier
Devant il reste bouche bée !
Comme le plus beau des gourmets
Etant un peu comme le caviar
Si peu mais si rare,
Certes, elle n'est pas moche
A son regard, il s'y accroche
Dans ses yeux bleus turquoise
De loin, elle l'apprivoise
Lorsqu'il la regarde
Même par mégarde
Son visage si magnifique
Est bénéfique
Son sourire charnel
Est d'un naturel
A force de traverser les nuages
D'ange est son visage
Elle est d'une rare beauté
Mais ne demande qu'à être aimée
Pouvant être mannequin
Des regards, elle n'en veut qu'un
Cet attrait soudain pour la mésange
Non, seulement pour un ange…

## A la folie

Aimer à  la folie
Pour cette femme si jolie
Sans oser le lui dire
Peur de se contredire
Amour passionnel
Plaisir charnel
Un regard droit dans les yeux
Et se dire de toi, je veux
Il voudrait donner toute son affection
Espérant aller à la perfection
Pour que jamais son cœur s'échappe
De celle qu'il kidnappe
Dans ses rêves les plus fous
Il ne montre pas qu'il est jaloux
Ne maîtrisant pas les débordements
De son amour, si timidement…

## Le baiser

Tu as plusieurs significations
Mais la plus belle des sensations
Est celle que tu transmets de tes lèvres
Comme l'enfant que l'on sèvre
Les lèvres qui se tordent
Celles qui te mordent
Il s'échange comme un jeu
Pour celui qui le veut
Il a le sens vulgaire
Disait-on naguère
Pouvant être le plus noble des messages
Pour celui qui l'a en adressage
Il est le premier maillon de l'amour
Que l'on offre au levé du jour
Baiser, tu peux être volé
Ou simplement envolé
Avec un peu de connivence
Ton opposé, te devance
Au cinéma, il est projection
C'est une marque d'affection
Effleurer de mes lèvres, une partie de son corps
Le moelleux demande à être posé encore….

# Le cerf

Autrefois, tu étais vilain, le serf
Aujourd'hui, tu es majestueux, le cerf
Ta couronne est garnie de bois
Te promenant en sous-bois
L'œil aguerrit surveille la biche
Qui au loin s'affiche
Prêt à lui faire la cour
Il craint la chasse à cour
Pendant le période du rut
En plaine il apparut
On dit de lui, il brame
C'est l'amour en secret qui se trame
Sa puissance est celle d'un pharaon
Sa descendance est celle d'un faon
En grandissant il deviendra un daguet
Qui comme son père restera aux aguets
Le mâle règne sur sa harde
Comme pour la meilleure des sauvegardes
Le collectionneur est à la recherche de ses bois
En seigneur, il reste aux abois....

Casanova

Il veut sans cesse plaire
Ne pas être blessé mais complaire
Il se moque de sa réputation
Ce qui l'intéresse c'est la séduction
C'est un beau parleur
Un sacré cavaleur
Jouant des mots de son vocabulaire
Il captive l'esprit sans formulaire
Se prenant pour un héros de mélodrame
Lorsqu'il est entouré de gente dame
Il use aussi bien de son charme
Que de perfidie pour conquérir les femmes
On dit de lui, c'est un Casanova
On ne peut pas dire qu'il innova
Car avant lui tu existas
Et seul une femme y *résista*
C'est un grand séducteur
Pour la galante, il est le conducteur
Oui mais c'est un gentleman
Ayant besoin de séduire les femmes
A la recherche d'une aventure galante
Il les préfère pétillante
Dévoué à la femme, il avoue
Oui, la cour, il la joue
Ce n'est pas un être libertin
Mais loin d'être puritain
Devant la femme, il excelle
Son cœur ne sera que pour l'une d'entre elles…

La toile ou l'étoile

Elle ressemble à une fresque
Le peintre en a fait une arabesque
Mêlée de sa couleur orange
Elle la porte comme un ange
Pas besoin de prendre une ombrelle
Pour regarder cette aquarelle
Si vous croisez son regard,
Vous êtes perdus, hagards !
Elle est une étoile qui brille
A la lueur de ses yeux qui scintillent
Son sourire crée des litiges
Allant même à vous en donner des vertiges
Son visage est d'une élégance
Que tout la porte à la brillance
On ne peut reproduire cette gravure
Sans y faire de bavure
Il voudrait y ajouter un listel
Pour ses beaux yeux couleur pastel
Sans connaître son état d'âme
On est prêt à tout pour lui faire sa réclame
Si jeunesse tu troubles
Peur de la vieillesse tu redoubles
Il devra faire preuve de vigilance
Pour que la toile devienne bienveillance
La voie lactée sera ses premiers pas
En la voyant on ne se trompe pas…..

Ce texte a obtenu le 2éme prix au concours de
L'association internationale des belles lettres
À MARSEILLE en 2010

# Velouté

Dans ses bras être englobé
Et s'endormir comme un bébé
Ma tête est posée sur son petit ventre
Sur son nombril, son épicentre.
Sa main douce caresse mon torse
Sans que la moindre idée ne se corse
Sa peau huilée est si délicieuse
Que ça la rend plus malicieuse
L'élixir glisse sur sa peau lisse
Sans que cela ne l'embellisse
Son parfum si velouté
Agit sur moi à m'envoûter
Son corps devient suave
Et moi son esclave !
Dans son regard d'Angélique
Elle n'a rien de diabolique
Le mélange harmonieux
Apparaît si mélodieux
Que le regard apaisant
Aux yeux, devient plaisant
Je reste calme et serein
Ma main au creux de ses reins
Demain, je vais enduire son corps
Comme le plus beau des trésors…..

## Les époux

Apres toutes ces années,
La flamme n'est pas fanée
Les yeux brillent de l'amour
Comme au premier jour
Le regard  a changé de style
Pour la plus grande des idylles
Se prenant au jeu
Ils se complètent entre eux
L'envie toujours de son corps
Est un sérieux réconfort
En s'épanouissant auprès de sa dulcinée
Il en a trouvé sa destinée
Sa femme, il veut en être au sommet
Pour lui promettre de toujours l'aimer…..

## Secrétaire

Son chemisier entre ouvert
Mettant ses atouts à couvert
Elle n'est certainement pas une mégère
Vêtue de sa jupe moulante et légère
Ses chaussures à talon
Nous servent de jalon
Lorsque notre regard se pose sur elle
Comme sur la plus belle des aquarelles
Sa chevelure tirée vers l'arrière
Lui donne l'allure d'une guerrière.
Je lui tire l'élastique de ses cheveux
Pour les libérer comme un aveux
En lui ôtant les lunettes
J'aperçois cette jeunette
Pour mieux la mettre à l'aise
En la poussant au bord de la falaise
Elle se met à rougir
Mais espère me voir agir
La belle secrétaire
Comme un monument planétaire
Vient de perdre son emploi
Sans indemnités, ni loi
Pour prendre la première place
Lorsque dans mes bras je l'enlace.....

# Dépendance

Le calme est pesant
Le bruit, parfois rassurant
De son absence, il se rend compte
En fin de compte
Elle occupe une grande place
Sans elle, il est de glace.
Parfois, une nuit de solitaire
Devient prioritaire
Un petit peu de solitude
Fait perdre les habitudes
Pensant aux retrouvailles
Il s'y active, y travaille
Il réalise sa dépendance
Organise son intendance.
Cette place, il la veut à plein temps
Et se sera en sprintant
Qu'il la coiffera sur le fil
Démontrant ainsi son meilleur profil
Comme un animal pris dans la souricière
Tiré de la meilleure énigme policière,
Il fera tout pour comploter
Qu'elle et lui finissent ligotés….

## Erotisme

C'est difficile d'être allongé à ses côtés
Et de ne pouvoir la bécoter
Le moindre fantasme
Sans une goutte de sarcasme
Le ramène à l'amour
A grand coup de tambour
Cette envie d'assouvir son appétence
Lui ferait perdre son impatience
Pas besoin dans une relation
D'un acte d'introduction
Pour que le goût du plaisir
Offre à l'appétit, un délice à saisir
Un mélange de fantaisie et de sensualité
Ont pris place aux ardeurs et la banalité
Ce jeu mêlé d'enthousiasme
Les mènera jusqu'à l'orgasme
Faisant perdre les automatismes
Pour laisser place à l'érotisme….

## Dame blanche

Elle apparaît telle une dame blanche
Laissant derrière elle un monde ébahi
Il leur reste du pain sur la planche
La belle dame ne veut pas être trahie.
Tu ne l'aperçois qu'au milieu de la nuit
Dansant au milieu des ombres
Au petit matin elle s'enfuit
Dans le rêve tu sombres.
Tu te vois apprivoisant la créature
Voulant la mettre à tes côtés
Tu espères que dans un futur
Elle montrera sa beauté.
Souhaitant qu'il ne s'agisse que d'un sort
Comme dans les contes d'antan
Tu te dis si elle s'en sort
C'est pas gagné pour autant.
Réussissant à la caresser
Tu veux la mettre sous la couette
Maintenant tu veux l'embrasser
Cette belle chouette…..

## Ardeur

En empruntant la porte de mon cœur
Elle s'épanouit à mes côtés comme une fleur
Telle la rose du matin
Que je cueille dans mon jardin
Elle appose sur moi son odeur
Parmi ses baisers remplis d'ardeur.
Petite fleur, mille baisers pour toi
Ne sont pas suffisant en soit
Il faut donner à l'amour
Le fil conducteur glamour
Usant toute l'électricité
Avec énergie et vélocité
Mettant en éveil
Nos sens sans pareil.
Croquant la vie à pleine dent
Je montre cet amour évident
Que j'use à bout de force
Comme un arbre sans écorce….

## Grain de sable

Ne sachant plus quoi dire
Ils n'arrivent pas à sourire
La brume est apparue, mêlée de peine
Car triste est sa reine
Elle se doit de libérer son esprit
Qui, dans son corps est pris
L'amour ils le partagent
Dans le bonheur ils nagent
Un grain de sable est dans l'engrenage
Il sème le trouble dans le rouage
Ils se doivent de retrouver cette complicité
Qu'ils affichent sans publicité
Pour que sur l'autre se porte le regard
Qu'il ne soit plus perdu, ni hagard
Son corps n'a pas été modelé
Elle a du mal à le dévoiler
A trop mettre de pudeur
Elle ne vit que dans la peur
Sans regarder sa beauté charnelle
De ce corps d'hirondelle
L'amour est à consommer
Avec passion, sans s'assommer
Pour qu'il soit vécu dans la bonne humeur
Sans maladresse et sans tumeur
Avec elle, l'amour est un plaisir
Que tous les jours, il veut lui offrir…

## Camping

Poésie tu restes en attente
Dans un coin au fond de la tente
La chaleur est étouffante
Dans cette humidité pesante
L'eau n'arrive pas à me refroidir
La nuit n'est pas là pour me rafraîchir
Allongés, nus
Nous n'avons aucune retenue
L'amour est là pour nous épuiser
Nous allons jusqu'à puiser
Au fond de nous même
Pour délivrer la douceur que l'on aime
Etendus à même le sol
C'est d'elle que je raffole
Son corps qui m'émoustille
A chaque fois que je la titille
Ira-t'elle à se donner à fond ?
Dans un amour profond
Où règne le plaisir
Et aller jusqu'à le saisir…..

## Vacances

Se retrouver en vacances
Sans gênes et sans doléances
Allongés sur le sable
D'une manière inlassable
L'esprit tranquille
Les yeux s'écarquillent
Etre près de sa conjointe
Qui ne demande qu'à être rejointe
Etendue sur sa serviette
Je n'en perds pas une miette
Apparaissant dans le champ de ma vision
Je sais quelle est ma décision
Venir poser mes lèvres sur sa bouche
Sentir son corps vibrer lorsque je le touche
D'un élan, elle ira se jeter dans l'eau
Comme une sirène, elle brisera les rouleaux
Tel le coquillage, je me collerai à sa peau
Jetant l'ancre du plus grand des bateaux
J'amarre doucement la créature
Qui lentement monte en température
Il faudra la ramener sur le rivage
Cette belle sauvage…..

## Prendre soins l'un de l'autre

Je voudrais accomplir avec toi, un long et merveilleux chemin
Tous les matins tenir ta main, je l'écris sur le parchemin
Prêt à franchir les obstacles, je pars d'un bon pied, d'un bon train
Ma vie, je la vois sereine, toujours préserver cet entrain

Ma compagne au quotidien est un long rayon de soleil
Qui brille dans mon petit cœur, scintille sans aucun pareil
Dans le bleu profond de ses yeux, peu à peu je vais me noyer
Toujours là pour moi elle sera, sereine, jusqu'à te convoyer

T'accompagnant dans les salons, la belle dame sera regardée
Toi son chevalier, serviteur, prends soins de la sauvegarder
Elle anime au plus profond, de l'amour pour toi qu'elle te rend

Dans le plissement de ses yeux, à l'ouverture de sa bouche
Je me prends pour un audacieux, c'est à la grâce qu'elle me touche
Moi le poète aussi profond, tous les jours la dame me surprend…

# Le chasseur

Le chasseur caressant son fusil de sa main
Telle une femme, lors d'un baisemain
Son chien traque le gibier fuyant
Pour le rabattre vers le pisteur l'appuyant.
Usant fièrement de sa trompe
Brisant ainsi le silence, qu'il rompt,
Il met en joue et pointe
Du regard la belle conjointe.
Il n'est plus sur ses gardes
Pour le bonheur de la veinarde
Et se met à frayer ensemble
Comme la meute qu'il rassemble.
Identique à l'animal en rut
Devant elle, il accourût
Ne voulant perdre sa trace
Lui laissant la vie et la grâce
Il cherche à se mettre à couvert
Voulant user de son revers
Mettant ses chiens en appui
Il lui fait la cour depuis.
Comme l'animal qui est mis au ferme,
Le chasseur, lui reste ferme
Usant de sa dague
Pour la biche qu'il bague…

## Innocence aveugle

L'amour, dit on, rend aveugle !
Tu voudrais le crier fort, tu beugles
Est-il vrai que l'amour donne des ailes ?
Pour la compassion de cette demoiselle
Son cœur porte encore les traces du passé
Doucement elle le laisse se surpasser.
Parfois ses yeux se remplissent de brume
Pressés, ils se mettent à couler comme l'agrume.
Ses mains se portent sur tes joues
Sur tes lèvres, elle pose mille baisers qu'elle rejoue !
De cet amour émerveillant
Il y sera toujours bienveillant
Du battement de son cœur
Au clignement de ses cils
Elle n'a rien d'un missile
Et ne se veut pas chroniqueur.
De l'amour, il ne voit que par celle
Qui est entrée dans sa vie
Un à un les obstacles, il les gravit
Pour n'entretenir qu'une petite parcelle
D'un amour à vivre intensément
De deux amants s'aimant expressément….

## Perle de rosée

La petite perle glissant sur le feuillage
Nous emmène pour un long voyage
Apparaissant à la lueur du matin
Habillée de sa robe satin
Elle glisse sur la branche
Doucement, elle flanche
Et se laisse aller à l'émotion
Peu importe les directions.
Tel un marathon, elle se met à courir
Parfois même, elle ira jusqu'à en mourir.
Un teint frais et rosé, tel le champagne,
Toi ma perle, tu m'accompagnes
De ton air singulier
Et de ton pas régulier
Montrant ta frêle jeunesse
Usant toujours de ta finesse,
Tu reposes dans un écrin soyeux
Toi ma bulle de moelleux…

## Sans être pressé

Notre différence, c'est ce qui fait notre force
Tout au long du chemin, elle a jeté les amorces
Elle est entrée dans ma vie par la grande porte
Son amour pour moi, elle le colporte.
Maintenant que tout est connu
Notre amour l'un pour l'autre est reconnu
Elle le veut malgré son passé
Seul le présent est à surpasser
Sa porte s'ouvre à ma vie
C'est d'elle que j'ai envie
Sans vouloir être pressé
Dans mes bras, elle s'est empressée
Je crois que pour notre première nuit
Nous ne serons pas dans l'ennui
Sur son épaule, elle se reposera
Son odeur sur elle, il déposera.
Je ne veux que son bonheur
Le sien sera le mien sans heurt.
Il ne cherche rien à prouver
Juste l'amour qu'il a éprouvé
Pourquoi s'intéresser à son histoire
L'amour existe depuis la préhistoire….

vivre le présent

Loin des yeux, loin du cœur
Cette phrase est sans valeur
Lorsque sa flamme est ta chaleur
Son visage, il le connaît par cœur
La scène reste figée,
Comme écrite sur un monument
Ton corps est à son apogée,
L'enfant que tu portes est un grand moment
Il aime quand de tes bras tu l'enlaces
Quand dans sa vision, tu es en face.
Tes baisers du coin des lèvres
Que tu viens apposer sur lui
Ont un effet de sèvre
Et sa fourrure reluit.
Tu es sa vague sur laquelle il surfe
Il veut être ton océan sans bluff.
Seul un raz de marrée pourrait le faire trembler
De sa vie passée, dont il a tout rassemblé
Seul reste le présent, à vivre intensément
Il ne cesse de penser à eux s'aimant
Et ne sais pas combien de temps va durer cet instant
Mais le bonheur présent, c'est le printemps
Elle est à portée de ses mains
Et espère la revoir demain.…

## Retrouvailles

Après une semaine de séparation
Il rentre et va jouer sa déclaration
Cette envie de livrer bataille
Lors de leurs retrouvailles
Il espère un corps à corps
Et non se battre à corps perdu.
Il a peur de peu de désaccord
Mais pas de son amour éperdu
La fibre pour elle, qu'il a dans le sang
Il parcourrait le désert comme un pur-sang
Usant de sa petite frimousse
Elle sait qu'il est à ses trousses
Il ne voit pas que leur amour
Et plus fort de jour en jour
Elle vibre à l'idée de cette soirée
Et qu'à la fin il vienne la serrer
Le prince l'emporte jusqu'à son lit
Doucement, il ôte sa panoplie
Offert à elle, en tenue d'Ève,
Elle sait que ce n'est pas un rêve.
Etreinte, elle le sera
Toute la nuit, il la caressera
Jusqu'au petit matin, lors de son réveil,
Dans ses bras, il lui offre le ciel….

## Ne pas se cacher

Il voudrait s'afficher avec elle
Lui montrer son amour éternel
Oh combien, elle est admirée,
De femmes, qu'elle ignorait
Elle représente la douceur
A la recherche du bonheur
Seul un homme sensible
Et une allure paisible
Pourra lui redonner l'espoir
De la mettre en promontoire.
Sa sensibilité cachée
A failli être entachée,
Elle préfère en rire
Maintenant, derrière est le pire.
Si elle se livre comme une fleur
Doucement, mais avec ampleur,
L'offrande qui lui est offerte
Sa vie pour elle reste ouverte….

## Belle image

J'ai cette gravure sans cesse dans ma tête
Sur le banc, je regarde ces deux personnages.
Et me dis à leur place, j'aimerais être
Cette scène m'emporte en voyage.
Lorsque de ses mains, il lui caresse le dos,
Assise en face de lui, ils font les marmots
Attentionné, il l'est que pour sa belle
Si attendrissante soit elle,
Cette image vaut plus que les mots,
Ils se laissent aller sur les flots.
Lorsque dans leur regard, la passion s'installe,
De baisers volés, ils nous régalent
Leurs lèvres dansent les unes contre les autres,
On voudrait y apposer les nôtre.
D'un mot, puis d'un regard
Ils n'ont pas l'air si hagard.
Avançant petit à petit
Leur amour, c'est lui qui grandit
En découvrant ce monde nouveau
C'est son corps qu'il regarde comme un joyau.
En posant ses mains sur ce gamin
Il se rend compte que d'elle il est étreint
Plus rien ne les dérange,
Lorsque pour nous, ce sont des anges……

## Sa bouillotte

Ce qu'elle opère sur lui sans le savoir
Il ne peut passer une journée sans la voir.
Sa franchise n'a plus de limite
Lorsque honnête, elle lui dit je te quitte
Sans être expressive à souhait
Elle agit et lui trébuchait
Entrant dans la toile qu'elle a laissé
Il ne veut pas être délaissé.
En voulant être sa bouillotte
Evitant ainsi qu'elle ne grelotte
Il fait fondre ce petit glaçon
En le frottant de ses mains à sa façon.
Demandeuse de tendresse,
Les câlins, il lui en adresse.
Les sourires radieux qu'elle lui lance
Laisse entrevoir une jolie danse
Si de leur amour naissant
On retrouve ces deux enfants
Allant même à être gaffant,
Leur bonheur est attendrissant….

Petite fleur

Fragile, sur sa tige
Sa tête, en a le vertige.
Se balançant dans toutes les directions
Sans aucune protections,
Vouée aux aléas du temps
A chaque claque qu'elle prend,
C'est un pétale qui s'arrache
Une mise à mort sans panache.
Sans ses pétales, elle est mise à nu
De sa beauté, elle n'est plus reconnue.
C'est un peu d'elle, qu'elle perd
Si de trop tu la bouscules
Au point de ne plus en avoir, des repères
Et devient minuscule.
Sectionné à la base, elle chute,
Entraînant sa corolle en guise de parachute
Ta fleur, prends bien soins de l'entretenir
Elle est l'espoir de te retenir…

Perdre la tête

Une simple parole
Peut modifier le cours de la vie !
Il n'a plus aucun contrôle
Et les mots sont devenus, une envie !
Les messages sont pour lui
Source de palpitation,
Il veut être celui
Qui saura être sa tentation.
Son cœur s'affole
A la première sonnerie de téléphone
De ses déclarations, qu'il raffole
Il en devient aphone.
Le voilà redevenu timide
Comme il l'était à quinze ans
Il en devient maintenant humide
Lorsqu'elle lui apparaît devant.
Il ne sait pas comment l'aborder
Certes dans un lit, il pourrait !
De maladresse, il a peur de l'accoster
Jusqu'à son appel, pour lequel il accourrait
Devant le fait accompli,
Il ne veut pas faire marche arrière
De son amour, il en est rempli,
Il ôte les barrières.
Il a un peu peur de l'aventure
Car il part vers l'inconnu
Mais il est vrai que sa candidature,
Il l'a bien défendue….

L'espoir de la voir ou de l'avoir !

Son visage si clair, il t'émerveille
Son sourire en finesse, il t'ensoleille
Ses taches de rousseurs sur son visage
Sont des fleurs parsemées en balisage.
Il est vrai que l'homme la regarde
Elle se méfie par mégarde.
Ces deux personnes se complaisent
Sans pour autant être pris de malaise,
Pourquoi, elle le perturbe tant
Il n'y avait jamais fait attention avant.
Il a envie de la voir
Et pourquoi pas il envisage
En premier, recevoir
Un baiser en guise de message.
Le personnage l'attire
Elle ne peut en faire une satire.
Il ne vas pas se prendre la tête
Alors qu'il s'apprête
A lui faire sa déclaration.
Il veut être sur d'aucune protestation
Et va prendre ses dispositions
Pour que cette confession
Lui arrive droit au cœur,
Comme la mélodie d'un berceur.
Il l'imagine verser une larme
Montrant sa sensibilité et son charme.
Il a peur que cette aventure
Ne soit, que le fruit de son écriture,
Tant que les mots ne seront pas échangés,
Son rêve et son espoir seront mélangés….

## Petite libellule

Viens te poser dans le creux de ma main
Butiner le miel sur ma tartine de pain.
Tu as l'air si frêle et si fragile
Mais plutôt bien agile,
De tes yeux, tu me dévores,
Dans ton regard, tu m'implores
Tu as peur que cette main se referme
Et qu'avec elle, ta vie se ferme.
Au battement de tes ailes,
Tu joues l'infidèle,
Mais avant que tu ne t'envoles
Montre moi ton air frivole.
Tu quittes le nid et chancelles
Sans vouloir être sa parcelle
Tu préfères ta liberté
Et garder ta fierté
Plutôt que de vivre dans l'angoisse
Que tes ailes, il les froisse.....

## Ivresse

Je suis derrière elle
Dans ma toile, il n'y a qu'elle.
De mes bras, je l'enlace
Dans le cou je l'embrasse.
Ma main se pose sur son sein
Plus rien ne la retient.
Ses yeux se ferment
Dans Son esprit, l'amour germe.
Ma main est comme la vague
Qui sur le sable s'échoue
A son doigt se pose la bague
Comme dans la bouche, le cachou
Son corps n'a plus de secret
Il est parcouru comme le livret
Sur lequel je pose mes yeux,
Dévoré d'un désir joyeux
Mon souffle, dans le creux de Son oreille
L'enivre d'affection
Elle ne veux pas qu'on la réveille
De peur de perdre ce moment de perfection.
Elle pense que cet instant est un rêve
Mais cette envie subite qui la soulève
La ramène à la réalité
Et lui ouvre l'appétit de la sexualité….

## Hôtel

Apres une nuit d'hôtel,
Passé avec sa belle,
En guise de lune de miel,
C'est confidentiel !
Cette nuit torride
Mêlée d'une chaleur aride,
Sous la couette
Se trouve les deux silhouettes.
Leur batifolage
Après en avoir oublié leur âge,
Cette folle nuit d'amour
Ajouté une pointe d'humour,
Elle s'amuse
D'être sa muse.
Leur complicité
Mélangé à la voracité
N'a aucun égal
S'il n'est pas illégal
Lorsque le fruit de la passion
Est l'amour avec fascination….

## Peur de tout perdre

Il va falloir qu'au petit jour, tu jettes dehors tes doutes
Mettes à la poubelle les craintes, saisir sa voix que tu écoutes
Il faut admettre le courage, croire en cette nouvelle autoroute
Retrouver enfin un bel homme qui fera de toi sa chouchoute.

Tes angoisses sont effacées, la bravoure a pris sa place
La panique est au panier, tu souhaites qu'il t'enlace.
Les frissons présents du bonheur, le remercie de son audace
L'inquiétude et la solitude, la bonasse les remplace

Une nouvelle étape commence, tu es prise de vertige
Il est vrai que tu as la trouille de passer des nuits de voltige
Tes phobies, tu les corriges, à ta plus grande stupeur

Tu as pris tes jambes à ton cou, pour jeter sur lui ton amour
Lui, a réceptionné l'appel pour le raconter à son tour
L'espérance d'un grand bonheur n'aura jamais été trompeur…

## Massage

J'ai besoin de tendresse
Marre de la maladresse.
Ton visage est dans ma mémoire
Il n'est pas illusoire.
Ta sensualité est inlassable,
Tes mains, un grain de sable
Qui se posent sur mon corps
En guise de décors.
Tes massage sur mon dos
Ils y vont crescendos !
L'augmentation progressive des secousses
Attisent le feu que l'on repousse
Tu répands sur ma peau, le parfum
Dont les effluves arrivent à tes narines, enfin !
Tu te laisses aller à l'emportement
Et dans un moment d'égarement
Tu sombres dans l'agitation
Un trouble de l'excitation
Sème la zizanie, la confusion
Tu as peur de montrer ton émotion
De ce moment d'exaltation
Dont toi seul connaît les vibrations…

## Douceur

Ta peau est un velours, un régal de toujours
Tu penses à ses contours, tu y tournes autour
Tu veux porter secours, agis comme un vautour
Ne fais pas de discours, simplement fais la cour.

Le rêve d'un séjour, sans idée de retour
Tu joues le troubadour, au cours de ton parcours
Ce n'est pas un concours, pour donner des mamours
Mais sans aucun détour, montre lui ton amour.

Sa douceur est à toi, si tu la caresses
Son bonheur est pour toi, si tu l'intéresses
Tu apparais devant, elle est tout en émoi

Elle en est salivant, devant ce beau prince
Ce qui est émouvant, pour lui elle en pince
La surprise du jour, serait la belle et moi

L'oiseau

Tu viens à peine de partir
Mon cœur s'est mis à ralentir
Je n'arrive pas à oublier
Ce moment que tu viens de me dédier.

Ton corps est de la soie
Mes lèvres, de la dentelle
Ton corps s'offre à moi
Mes lèvres, te le rappellent.

Ton corps est un nuage
Où je pose mes ailes
Mes mains ne sont pas sages
Parfois, je m'emmêle.

Ton sourire est un soleil
Qui brûle mes babines
Tes yeux, une étincelle
Qui m'embobine

Mon cœur a du mal à réaliser
Cet instant que j'ai vécu prés de toi
Un jour, tu vas te volatiliser
Et moi, je serai sans toi….

## Nue comme un vers

Parfois elle est nue comme un vers
Elle lui met la tête à l'envers
Il pose son regard sur ses seins
Telle une abeille sur son essaim
D'un seul battement de ses ailes
Le voilà projeté contre elle
A force de regards croisés
Leurs corps vont s'entrecroiser
C'est l'attirance de l'un vers l'autre
Un amour qui sera le vôtre
Dans le fin fond de leurs pensées
Ils essayent de compenser
A l'absence qui leur fait défaut
Leurs échanges ne sont pas faux
Un amour qui sera secret
Un réel et vrai qu'ils se créent
Pour le vivre à toutes occasions
C'est notre survie, une évasion
Des baisers à forte sensation
Comme un peu une compensation…

## Ce soir

Pour l'instant, c'est le désir
Dans l'attente de venir
Il nous faut tenir
Notre souffle le ralentir.
A ce soir, je patiente de plaisir
A l'envie de te dévêtir
Ton corps nu, le découvrir
Ne surtout pas te faire rougir
Pour enfin nous unir
Et ensemble jouir
De cet acte à accomplir
Cet instant, il nous faut le maintenir
J'espère ne pas faillir
N'avoir pas à faiblir.
A la fin, ton corps le recouvrir
De baisers à retenir
Pour que tu puisses détenir
Entre tes mains notre avenir
Je ne cesse de me contenir
J'en ai marre de fuir
Pour toi, je veux revenir….

La douceur de ta peau

Tu es venue comme une bohémienne
Poser tes lèvres sur les miennes.
Je sens encore la douceur de ta peau dans ma main
J'ai peur de ne plus en avoir, des lendemains !

Je tremble de plaisir au contact de tes lèvres
Je sens en moi, monter la fièvre.
Caresser ton corps pour émoustiller tout tes sens
Effleurer ta chair, pour en réveiller cet encens.

Aduler de plaisir, à l'idée de revenir
Titiller le désir, de lui appartenir
Frôler et frémir de ce qu'il va leur advenir
Cajoler et gémir, sans se retenir.

Les corps l'un contre l'autre,
Un jour la nuit sera leur hôte,
Ils joueront, alors, la même note
De cette parodie avec anecdote.

En un mot son cœur s'est affolé
Sur les ailes de l'amour, il s'est envolé
Pour en assouvir un rêve incontrôlé
De se souvenir de ces êtres accolés.

Tels deux amants, ils se sont bécotés
De cette admiration, ils se sont dorlotés
Cette ardeur les poussa à se provoquer
De l'intérêt charnel qu'ils se sont révélés…..

# Rêve

Je vais m'endormir sur l'envie de te faire l'amour
En espérant te revoir au petit jour.
Ces baisers, acharnés, échangés,
Ont un petit goût de mélangé
Lorsque mes mains posées sur ton corps
Ne me donnent aucun remords
Et qu'apparaisse en toi l'ivresse
De ce moment de tendresse
Lorsque l'amour est à revoir
De l'envie de s'émouvoir
Ainsi la passion d'un instant
De ces deux corps éreintants
Auront fusionné un moment
De vivre l'amour conjointement !

## Mannequin

Vêtue de sa jupe courte
Celle que l'on écourte,
Elle les exhiba
Ses longues jambes surmontées de bas !
Le tout posé dans des chaussures noires
Vernies, à talon pour se prévaloir
D'un regard sur son buste
Vite, elle l'ajuste
Les épaules tirées vers l'arrière
Ouvrant le feuillage sur la clairière
Apparaît son soutien gorge sous son corsage
En guise de beau paysage.
La soie habille cette perle
Tous les yeux, sur elle, se déferlent !
Elle repart d'un pas pressant
Laissant derrière elle, des regards oppressant
Elle était apparue telle une lumière
Pour nous présenter son avant-première
D'une longue série de défilés
Auxquels son avenir s'est profilé.
Il lui est fait une haie d'honneur
A chaque présentation de sa douceur….

## La femme

La femme supporte toute sorte de noms
Qui ne lui collent pas à la peau comme un gant
Il s'agit en réalité de surnoms
Qui ne sont parfois pas très élégants.
Pour toi le romantique
Toi qui n'est pas rustique
Il y va de la grâce
De cette plante vivace
En passant par ma beauté
Toi la fée, divinité.
Tu es parfois une déesse
Ou simple princesse
J'aimerai que tu sois ma muse
Pour que l'on s'amuse
Avec cette demoiselle
Avant que je ne la muselle.
Il y a cette femme maîtresse
Quelque peu tigresse
Sans aucun doute charmante
Mais beaucoup plus amante.
Pour l'homme marié
Qui ne peut pas varier
Elle se trouve être son épouse
Parfois très jalouse.
Elle est la femme légitime
Même si elle n'est que concubine
Elle sera sa conjointe
Constamment rejointe
Mais surtout pas une compagne
Que le soir on accompagne.
Ne soyez pas un homme vulgaire
Ni autoritaire

Qui prend sa femme pour une « bobonne »
Lui qui ne quitte pas sa bonbonne
Il dit d'elle ma bourgeoise
Derrière son dos, il en déboise
Sur cette donzelle
Fragile et sans ailes.
Qu'il prend pour une créature
Mais agit en dictature.
Avec un peu de regret,
Il la prend pour un magret
Sa pauvre petite nénette
Qu'il traite comme une vielle chouette.
Mais n'oublie pas toi, l'homme
Peu importe comment tu la prénommes,
Elle n'est pas une chose
Mais bien plus qu'une rose
Avec ses pétales.
Alors ne soit pas brutal
Prends bien soin de la garder
Et pour la vie la regarder….

## La femme oubliée

C'est dur de vivre cachée
De l'amour que l'on ne peut montrer
C'est dur de vivre dans l'ombre
Et se dire que tout est sombre
Elle préférerait vivre au grand jour
Cette belle histoire d'amour
Elle ne joue pas un second rôle
Mais vise plutôt le monopole
C'est la star de cinéma
Celle que l'on n'oublie pas
Celle qui supporte tout
Et qui sort ses atouts
Elle est là pour les doléances
Mais préférerait une petite danse
Elle n'est pas une femme affaiblie
Mais simplement une femme rétablie…..

## Petit jeu

Devant toi, je fais des cabrioles
Une fois sorti de ma bagnole.
D'un coup, je suis pris de tremblement
Lorsque de mes yeux, humblement
Je crains que mes secousses
Ne fassent fuir ta petite frimousse.
Si je parle par saccade
C'est que j'ai peur de la cascade
Peur que ces remous
Enlèvent en nous des tabous !
J'en attrape des frissons
Des vertiges que nous bannissons.
Cette phobie de l'angoisse
Je doute qu'elle ne me froisse
Je fais un peu de cinéma
Mais je suis sur de mon karma
Qui refoule tous mes doutes
Maintenant que je t'envoûte
J'échange un baiser au coin de tes lèvres
En guise de remerciement et d'orfèvre
Merci de tous ces mots
Qui émoustillent en moi quelques soubresauts……

Danseuse

Dans ses veines coule un sang noble
Tout droit sorti du vignoble.
La danse, elle l'a dans la peau,
Elle virvole comme l'oiseau.
De cette relation fille-mère
Qu'elle a eu comme point de repère,
Elle en élève seule son enfant.
Il est pour elle, foudroyant
De cet amour de maman
Au regard de diamant.
Elle porte sur elle la beauté
D'un visage de nouveau-né.
Elle a ce regard d'ange
Celui que l'on s'échange.
Alors pourquoi se réfugier dans son monde ?
Où son âme vagabonde !
Seul un être semblable
Artiste comme elle, admirable
Aura raison de son cœur
Et sera son plus fidèle admirateur…

## La muse

Ton sourire est celui que je préfère,
Je le garde comme point de repère.
Ta main me sert de guide
Sans pour autant être rigide.
Quand tu m'enlaces dans tes bras
J'ai peur de te servir de repas.
Mais j'aime me blottir contre ton cœur
Qui est un volcan de chaleur.
Tes yeux attendrissants pour moi
Sont bouleversants à la fois.
Notre force, c'est notre amour
Aussi puissant et sans détour….

## En offrande

En passant toutes ses nuits à faire de la peinture
Lui s'occupe toutes les nuits à faire de l'écriture
Ensemble, ils ont brisé, tout les monologues
Pour aller se construire, des heures de dialogue

Que son charme est bien fou, il t'embrasse douce fleur
Jusqu'à aller toucher, de sa main qui t'effleure
Au plus profond de toi, les pétales soyeuses
Ta sensibilité, comme une nuit joyeuse

La chaleur est pour lui, un peu de réconfort
Pour elle, il est celui qui sert de seul confort
Si doux son intérieur laisse planer une envie

Les moments de tristesse qui sauront s'éloigner
En la faisant rire dans l'espoir de soigner
Sa blessure à jamais pour lui offrir une vie…

# Table des matières